Analyse d'œuvre

Rédigée par Harmony Vanderborght

L'Élégance du hérisson

de Muriel Barbery

Profil Littéraire

MURIEL BARBERY

- Née en 1969 à Casablanca.
- **Quelques-unes de ses œuvres :**
  - *Une gourmandise* (roman, 2000)
  - *L'Élégance du hérisson* (roman, 2006)
  - *La Vie des elfes* (roman, 2015)

La romancière française Muriel Barbery est une personnalité marquante de la littérature du XXIe siècle.

Agrégée et professeure de philosophie à l'école et à l'université, elle est l'auteure de trois romans (*Une gourmandise*, *L'Élégance du hérisson* et *La Vie des elfes*). En 2006, l'énorme succès que connaît *L'Élégance du hérisson*, vendue à plus de six millions d'exemplaires en France et à l'étranger en moins de dix ans, lui permet de se consacrer entièrement à son projet littéraire.

Ses sources d'inspiration sont multiples. Outre son inclination pour la philosophie, l'auteure est passionnée par la culture japonaise, dont l'influence s'exerce à travers toute son œuvre. Enfin, elle se nourrit largement des grands classiques de la littérature française et internationale.

Si les thématiques qu'elle aborde dans ses livres sont variées, son écriture particulière demeure constante. Celle-ci se caractérise par l'utilisation d'un vocabulaire très recherché, voire ampoulé, et par un important travail sur la forme. La plume de Muriel Barbery est à la fois raffinée, intellectuelle et légère.

L'ÉLÉGANCE DU HÉRISSON

- **Genre :** roman.
- **1ʳᵉ édition :** en 2006.
- **Édition de référence :** *L'Élégance du hérisson*, Paris, Gallimard, 2006, 356 p.
- **Personnages principaux :**
  - Renée Michel, la concierge intellectuelle
  - Paloma Josse, l'adolescente insatisfaite
- **Thématiques principales :** les apparences, les clichés, la recherche du sens de la vie, la beauté de la langue.

L'Élégance du hérisson paraît en 2006 chez Gallimard. S'il ne connaît pas de succès immédiat, les ventes s'enchaînent tout de même au fil des semaines, et plusieurs réimpressions sont nécessaires pour répondre à la demande des lecteurs. En 2007, il remporte le prix des Libraires.

Dans ce roman, l'auteure raconte l'histoire de Renée, une concierge âgée de 54 ans qui travaille dans un immeuble de familles riches, situé au 7 rue de Grenelle, et de Paloma, une jeune fille vivant dans l'un de ces appartements. Toutes deux peinent à trouver un sens à leur existence. Mais leurs destins vont se croiser et s'illuminer lorsqu'elles rencontreront le nouvel habitant du quatrième étage, Kakuro.

L'écriture est caractérisée par la recherche permanente du mot juste et par une maîtrise parfaite des ressorts de la langue française. L'auteure fait également de nombreuses références à de grands classiques de la littérature, témoignant de cette façon de son amour pour les lettres.

LA VIE DE MURIEL BARBERY

| Portrait de Muriel Barbery daté de 2009.

Muriel Barbery est née en 1969. Après avoir étudié à l'école normale supérieure des lettres et sciences humaines de Fontenay-Saint-Cloud, elle enseigne la philosophie notamment à l'université de Bourgogne et à l'institut universitaire de formation des maîtres à Saint-Lô.

En 2000, elle publie son premier roman, *Une gourmandise*, qui raconte les derniers jours d'un fin critique culinaire, désagréable bonhomme, qui tente de retrouver une saveur perdue de son enfance. Sur un ton léger, l'auteure joint la réflexion philosophique à la description des plaisirs gustatifs. L'histoire est aussi un clin d'œil au roman de Marcel Proust (écrivain français, 1871-1922), *À la recherche du temps perdu*, dans lequel le narrateur, s'interrogeant sur le temps et la mémoire, en vient à retrouver le goût d'une petite madeleine qu'il dégustait chez sa tante le dimanche matin.

Six ans plus tard, Muriel Barbery publie *L'Élégance du hérisson*, qui connaîtra un énorme succès dans les années suivant sa sortie. Cette bonne fortune lui permet de réaliser son rêve en partant s'installer au Japon entre 2008 et 2009, et en voyageant à travers le monde.

Elle revient ensuite en Europe et publie son troisième roman en 2015, *La Vie des elfes*. Celui-ci prend la forme d'un conte bucolique, mettant en scène deux jeunes filles, Maria et Clara, dont la particularité est d'être en contact étroit avec le monde des elfes, en harmonie avec la nature. L'univers merveilleux dans lequel l'histoire prend place se distingue nettement des deux premiers ouvrages de l'auteure. Cependant, la forme reste sa principale préoccupation, ce que l'on remarque notamment à travers les larges descriptions des scènes champêtres. Une fois encore, le récit est tissé de lieux communs, empruntés cette fois au domaine du conte et de la magie.

RÉSUMÉ DE *L'ÉLÉGANCE DU HÉRISSON*

Le roman débute par la présentation des personnages à travers les yeux desquels le lecteur suivra l'histoire. Renée Michel et Paloma Josse habitent dans un immeuble de « riches » de la rue de Grenelle. L'une est la concierge de l'immeuble depuis 27 ans, tandis que l'autre réside au cinquième étage avec sa famille, dans un appartement de 400 m². Au fil des pages, les deux personnages décrivent tour à tour leur existence, leurs ressentis, leur environnement et leurs proches.

Les habitants de l'immeuble de la rue de Grenelle

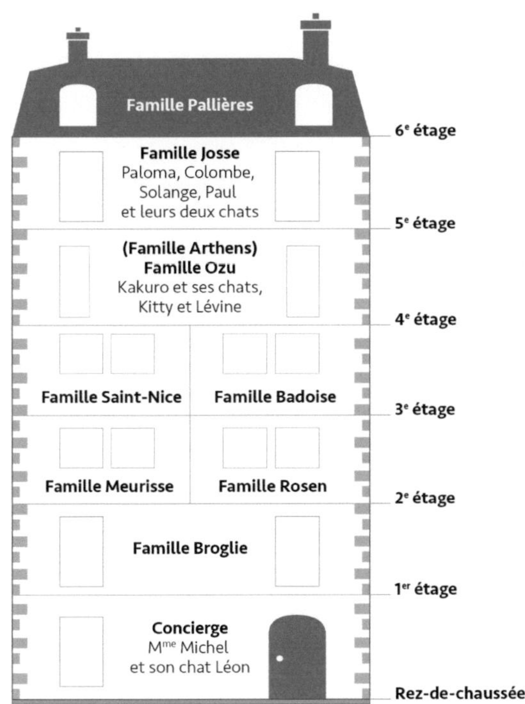

RENÉE MICHEL, UNE CONCIERGE PAS COMME LES AUTRES

À 54 ans, Renée est une veuve un peu aigrie, qui possède une piètre estime de son apparence. Elle tâche de répondre au mieux au cliché de la concierge vivant avec son chat, inculte et insignifiante. Mais, lorsqu'elle est certaine que personne ne peut la voir, elle se terre dans une pièce au fond de son habitation, son refuge, pour se consacrer à la lecture de classiques de la littérature, au visionnage de grands films, à la contemplation de l'art en général. Malgré son attrait pour la culture, Renée n'a jamais fait d'études, ayant dû travailler dans les champs avec ses parents dès qu'elle en eut l'âge, et s'étant mariée très tôt.

À travers des anecdotes quotidiennes, Renée dépeint ses proches, dont son amie Manuela, une femme de ménage portugaise qui vient travailler dans l'immeuble et qui lui rend visite deux fois par semaine. Pendant leurs rendez-vous, les deux amies boivent ensemble une ou deux tasses de thé vert et grignotent quelques pâtisseries. Elle présente aussi ses voisins, et se montre à leur égard souvent critique, parce qu'à ses yeux la plupart des riches sont stupides.

La concierge peu ordinaire commente également ses lectures, qui vont de Karl Marx (théoricien du socialisme et révolutionnaire allemand, 1818-1883) à Edmund Husserl (philosophe et logicien allemand, 1859-1938), en passant par Descartes (philosophe, mathématicien et physicien français, 1596-1650), Kant (philosophe allemand, 1724-1804) ou encore Léon Tolstoï (écrivain russe, 1828-1910). Elle offre d'ailleurs pour la pensée de certains de ces auteurs quelques croustillants résumés de romans.

PALOMA JOSSE, UNE JEUNE FILLE RÉVOLTÉE

Paloma est une jeune fille âgée de 11 ans et demi qui, se justifiant par le fait d'être « exceptionnellement intelligente » (p. 20-21), est convaincue que l'existence est absurde. Pour cette raison, elle projette de se suicider le jour de ses 12 ans, le 16 juin prochain.

En attendant, elle se donne pour objectif de tenir un double journal : l'un est intitulé « Pensée profonde », lequel porte sur l'esprit, l'autre « Journal du mouvement du monde », qui s'intéresse davantage aux corps et aux choses. Avec une plume mordante, elle décrit les personnes qui l'entourent, à commencer par sa famille, dont les attitudes lui déplaisent. Son père, un député, représente l'homme qui camoufle son désespoir sous une figure fallacieuse. Sa mère, docteure en lettres, est aveuglée par la thérapie psychanalytique qu'elle suit et les antidépresseurs qu'elle ingère depuis dix ans ; selon Paloma, elle manifeste une attention excessive à l'égard de ses plantes vertes afin d'oublier la vanité de l'existence. Sa sœur, Colombe, qu'elle déteste, est parfaitement stupide malgré le fait qu'elle réalise de brillantes études : agaçante, égocentrique, elle ne semble ressentir aucune émotion sous ses airs de jeune fille décontractée. Enfin, la famille possède deux chats auxquels Paloma ne trouve qu'un intérêt esthétique. Tout le monde autour d'elle, jeune et moins jeune, est envisagé à travers ce même jugement négatif.

Révoltée, la jeune fille n'hésite pas à faire entendre son avis. Ainsi, lors d'un repas, le père du petit-ami de sa sœur commet d'affreuses bévues à propos du go, le jeu chinois qu'elle admire tant. Paloma, indignée, riposte et démontre avec justesse les erreurs de l'invité de la famille, fâchant son père par la même occasion.

L'ARRIVÉE DU NOUVEAU VOISIN

Un matin, on apprend la mort de l'un des habitants de l'immeuble, Pierre Arthens. Cette nouvelle n'émeut pas beaucoup les voisins, à l'exception peut-être de Gégène, le clochard en redingote du coin de la rue. Renée reste confondue d'étonnement face à la grandeur d'âme de ce mendiant qui n'avait pourtant jamais rien reçu de la part de M. Arthens.

Après l'annonce de la disparition du vieil Arthens, la famille de celui-ci décide de vendre l'appartement. C'est un choc pour les habitants de l'immeuble, qui se côtoient depuis des dizaines d'années. Le voisinage est en effervescence, et Renée est inquiète : qui seront les prochains occupants du quatrième étage ?

C'est Jacinthe Rosen, une résidente du deuxième étage, qui présente à la concierge le nouveau voisin, M. Kakuro Ozu, un Japonais d'une soixantaine d'années, au visage sympathique. Avec l'aide de son secrétaire particulier Paul N'Guyen, il effectue des travaux de transformation importants en vue d'emménager dans son nouvel appartement, ce qui ravive de plus belle la curiosité du voisinage.

Dès leur première rencontre, malgré les efforts réalisés par Renée pour se réfugier au mieux dans son rôle de concierge demeurée, M. Kakuro Ozu décèle en elle quelque chose qu'elle semble cacher et se promet de percer son mystère, de voir au-delà de cette enveloppe de hérisson. Un jour, alors qu'il termine la phrase de Renée en référence à l'incipit d'*Anna Karénine*, de Léon Tolstoï (« Toutes les familles heureuses se ressemblent, mais les familles malheureuses le sont chacune à leur façon »), et qu'elle sursaute involontairement, Renée pense être démasquée, mais se persuade qu'il ne s'agit que de son imagination.

UNE EMBELLIE DANS LEUR VIE

L'homme est très raffiné, et tout le monde l'adore, comme le constate Paloma, fascinée depuis toujours par le Japon. Elle échange d'ailleurs avec lui des conversations très intéressantes, qui sont pour elle loin des banalités habituelles. Tous deux partagent le même sentiment au sujet de Mme Michel : de toute évidence, elle n'est pas ce qu'elle prétend être. Kakuro devine que, si le chat de Renée s'appelle Léon, c'est en référence à Tolstoï, auteur qu'il affectionne lui aussi.

Si Paloma stigmatise toujours l'inconsistance de l'humanité par les expériences qu'elle vit quotidiennement (avec une professeure de français qui semble ignorer tout de l'intérêt de la grammaire pour comprendre la beauté de la langue, avec des condisciples que la puberté vient abrutir davantage), elle écrira progressivement des textes plus positifs et en viendra même à douter de son funeste projet.

Enfin installé, Kakuro invite la jeune Paloma à prendre le thé au quatrième étage. Paloma raconte avec délectation le plaisir de deviser agréablement loin du bruit et de la médiocrité des gens qui l'entourent.

Kakuro décide également d'inviter Renée à dîner, après lui avoir offert une superbe édition d'*Anna Karénine*. Renée n'en revient pas : il a découvert sa véritable identité. Mais que peut-il bien trouver à une concierge quinquagénaire et rondelette ? Après une hésitation, elle accepte son invitation, décontenancée. Chez une amie couturière, Manuela lui dégote une robe d'une cliente décédée, et pousse Renée à la porter malgré la singularité de la situation. Après un passage chez le coiffeur, elle est fin prête pour le rendez-vous. C'est terrorisée qu'elle se rend chez lui, mais tout se passe à merveille. Elle contemple la copie d'une nature morte de Pieter Claesz (peintre néerlandais, 1597-1661), tandis qu'il lui prépare un repas japonais. À table, ils partagent quelques éclats de rire, avant de se quitter en se promettant un second dîner. Renée est de plus en plus heureuse, et la beauté des moments qu'elle passe avec cet homme sont hors du temps, en dehors de sa routine faite de corvées et de monotonie.

PALOMA ET LA QUÊTE DU SENS

Au fil des jours, Paloma croit de plus en plus au bonheur. Avec sa meilleure amie Marguerite, elles font la rencontre de Yoko, la petite-nièce de Kakuro. D'ordinaire, entre copines, elles imaginent souvent les destinées tristes et toutes tracées des jeunes de leur âge ; avec Yoko, c'est pourtant différent. Sa joie de vivre, son ouverture au monde donnent à Paloma l'espoir que tout n'est pas perdu.

Bien que la visite forcée chez le psychologue de sa maman ne l'enchante guère, et lui rappelle que certaines personnes sont profondément mauvaises, Paloma découvre le plaisir d'être en compagnie d'autres individus. C'est ce qui se passe lorsqu'elle discute pour de vrai avec Renée. Paloma la trouve accueillante, différente, humaine ; elle lui demande la permission de venir passer un moment avec elle de temps en temps, pour prendre le thé.

À travers ses textes, on remarque que la jeune fille devient plus tempérée : dans son « Journal du mouvement du monde », elle se questionne sur le sens de la vie, se dit qu'il est peut-être question de saisir la beauté lorsqu'elle se présente, lors de fugaces instants. Enfin, elle l'avoue à Renée : cette dame lui redonne l'espoir qu'il est possible de changer son destin. Finalement, ses plans étaient peut-être un peu trop précipités...

LA MORT DE RENÉE

Apportant avec elle des pâtisseries confectionnées par Manuela, Renée se présente à son second rendez-vous avec Kakuro. Devant le film *Les Sœurs Munakata*, ils passent une fois de plus un délicieux moment. C'est le cœur gros qu'elle le quitte encore. Mais quelques jours plus tard, il l'invite au restaurant pour son anniversaire. Après avoir longuement hésité, elle accepte. Cette soirée importante est riche en émotions, et se termine sur les mots de Kakuro, qui laissent entendre que leurs liens peuvent évoluer. C'est le début d'une belle relation.

Le lendemain matin, Renée vaque à ses occupations. Sur le chemin, elle aperçoit Gégène qui titube, elle traverse la rue pour tenter de l'aider. Soudain le drame se produit : Renée est heurtée par un véhicule, une camionnette de pressing. Les gens qu'elle a aimés lui reviennent en mémoire.

Paloma apprend la nouvelle par Kakuro qui est en larmes. Elle prend alors conscience de la douleur que représente la perte d'un être aimé, une peine qu'elle ne souhaite infliger à personne. C'en est fini des idées suicidaires : elle est certaine à présent de vouloir chasser les « toujours dans le jamais » (p. 356), le bonheur dans les moindres instants.

L'ŒUVRE EN CONTEXTE

PEU D'ANCRAGE HISTORIQUE, MAIS DE L'INTERTEXTUALITÉ

Ouvrage paru au début du XXIe siècle, *L'Élégance du hérisson* ne traduit pas les thématiques ou les préoccupations de son temps. À l'heure des avancées technologiques et alors que le monde est en proie à différentes crises qui sont le théâtre des textes contemporains, le roman semble dénué de tout ancrage dans le présent.

Si le récit témoigne bien des inégalités sociales, il est toutefois difficile de situer l'intrigue dans une période précise : les concepts politiques sont évoqués sans être illustrés par des événements réels. Aucun repère temporel n'est donné, rien ne semble exister en dehors de l'immeuble du 7 rue de Grenelle. Cela relève probablement d'un choix esthétique qui permette de maintenir l'illusion fictionnelle de l'histoire. Les seules balises sont les références aux monuments artistiques et littéraires dont les personnages sont friands ; le roman tout entier est un éloge aux écrivains des siècles précédents.

UN ROMAN INCLASSABLE

En ce sens, l'ouvrage de Muriel Barbery se distingue de tout un pan de la littérature de son époque qui reste marqué par des événements historiques récents ou moins récents. Ainsi, *Les Bienveillantes* de Jonathan Littell, qui paraissent la même année, traitent de l'extermination des Juifs par les nazis au XXe siècle, un thème particulièrement apprécié et mis en avant par les grandes maisons d'édition, qui vaut à l'auteur le prix Goncourt de l'année 2006.

Par ailleurs, si *L'Élégance du hérisson* est l'œuvre d'une femme, il ne faut pas y voir là l'objet d'une revendication d'appartenance à une quelconque littérature féminine ou féministe. La grande liberté prise dans son écriture, à la première personne et intérieure, est peut-être également influencée par ses précurseurs, les nouveaux romanciers, sans que le roman n'embrasse toutefois leurs principes.

Notons que la mort du personnage de Renée la concierge, renversée par une camionnette de pressing, n'est pas sans rappeler les circonstances du décès de Roland Barthes (sémiologue et écrivain français, 1915-1980), fauché par une camionnette de blanchisserie.

ANALYSE DES PERSONNAGES

LES PERSONNAGES PRINCIPAUX

Tous les personnages de *L'Élégance du hérisson* sont envisagés à travers les yeux des deux personnages-narratrices, Renée Michel et Paloma Josse. Celles-ci offrent au lecteur de longues descriptions d'elles-mêmes, puis de ceux qui les entourent.

Renée Michel

Renée Michel est une concierge veuve âgée de 54 ans, d'apparence plutôt antipathique. Petite, dodue, elle se dépeint comme particulièrement laide. Son seul atout est d'être très cultivée : autodidacte, elle reconnaît être dotée d'une certaine supériorité intellectuelle. Sans jamais en donner la véritable raison, elle tente de coller parfaitement à l'image de la concierge que la société exige, afin de ne jamais être démasquée par son voisinage : une personne inintéressante et stupide qui vivrait avec son chat et passerait le plus clair de son temps devant son téléviseur à attendre que les heures avancent. Pourtant, son quotidien, elle le passe à lire encore et toujours. Renée a « l'élégance du hérisson » (p. 153) : elle s'est forgée cette carapace pour affronter la réalité.

Paloma Josse

Paloma Josse va bientôt avoir 12 ans et, bien qu'elle ait eu la chance de naître dans une famille riche et d'être dotée d'une intelligence exceptionnelle, elle se sent parfaitement malheureuse. Pour elle, la vie n'a aucun sens : en grandissant, les adultes se retrouvent dans ce qu'elle nomme « le bocal à poissons » (p. 20), qui représente pour elle l'absurdité de l'existence. Parce qu'elle refuse de voir se dessiner, pour elle comme pour les autres, une existence toute tracée, elle prévoit de se suicider le jour de son anniversaire, en mettant le feu à l'appartement. D'ici là, elle s'attelle à rédiger deux journaux dans lesquels elle confie ses considérations sur le monde.

Renée et Paloma, seules contre le monde

Il convient de remarquer ici que ces deux protagonistes partagent de nombreux points communs, sans même se connaître. En plus d'habiter dans le même immeuble, et d'être très intelligentes, elles sont toutes deux blasées, désenchantées par la vie, et portent sur les gens et le monde des jugements particulièrement grinçants. Si Renée s'en prend plutôt aux riches et à l'opinion communément répandue, et Paloma aux adultes et aux adolescents qu'elle côtoie, leurs reproches se recoupent en cela que l'humanité est stupide, hypocrite et souvent dénuée de bon goût. Chacune s'exile dans un raffinement, dans un art qui fait du bien : la littérature (Tolstoï pour Renée, les mangas pour Paloma), le thé (qui, selon Paloma, est aux antipodes du café des gens pressés et sans âme), la musique (Dire Straits et le jazz pour Paloma, Eminem et la musique classique pour Renée). Enfin, elles sont toutes deux passionnées par le Japon et par la manière dont le monde est appréhendé dans les œuvres asiatiques.

La rencontre de M. Kakuro Ozu les amènera à revoir leurs jugements.

LES PERSONNAGES SECONDAIRES

De manière générale, les personnages qui gravitent autour de Renée et de Paloma sont relativement caricaturaux : les « bons » ne sont décrits que par une pléthore de qualités, les « mauvais » sont définitivement catégorisés.

Kakuro Ozu

Kakuro Ozu est à l'opposé de la vaste comédie humaine pointée du doigt par Renée et Paloma. En plus de véhiculer la culture japonaise qu'elles admirent tant, Kakuro est raffiné, simple, gentil, et profondément humain. Il fait fi des hiérarchies sociales, ce qui était pour Renée jusqu'alors inconcevable de la part de qui que ce soit. Il prouve à Paloma par son style de vie et par ce qui l'entoure qu'il est tout à fait possible de ne pas finir dans ce fameux « bocal à poissons », et l'amène à penser qu'elle pourrait mener une existence autre qu'inconsistante.

Les autres habitants du 7 rue de Grenelle

Qu'il s'agisse de la famille Josse, décrite par Paloma, ou bien de l'ensemble du voisinage pour Renée, les habitants de l'immeuble sont tous présentés à travers un point de vue qui est souvent assez négatif. La plupart de ces personnages riches sont dépeints comme prétentieux, éduqués, mais sans subtilités, ennuyeux, insensibles. Quelques personnes se distinguent néanmoins, notamment le Dr Chabrot, médecin de Pierre Arthens, mais uniquement pour son vocabulaire soutenu, ou encore la petite Olympe Saint-Nice, pour sa simplicité et son verbe également. Les personnages extérieurs à l'immeuble sont rares, et pas très bien perçus non plus. Songeons par exemple au traitement réservé à la professeure de français de Paloma, au psy de sa maman ou encore au père de Tibère.

La femme de ménage portugaise Manuela et amie de Renée est la preuve que l'on peut être pauvre, que l'on peut occuper une fonction moins importante que les habitants de l'immeuble, et pourtant posséder plus de raffinement et être une meilleure personne. De même, Gégène, le clochard du coin de la rue, symptomatique d'un monde dans lequel la misère et la richesse se coudoient, incarne d'une certaine manière la bonté dans le dénuement. Enfin, la fraîcheur de la petite-nièce de M. Ozu figure un bon présage pour le futur de Paloma.

ANALYSE DES THÉMATIQUES

LES APPARENCES SONT TROMPEUSES

Sous-entendue dans le titre du roman, la première thématique qui ressort dès la première page est celle des apparences. Mme Michel incarne parfaitement l'adage « Les apparences sont trompeuses ». Derrière ses abords de concierge farouche, pauvre d'esprit et peu commode se cache une femme douce, élégante et pleine de finesse. Nul ne s'en doute autour d'elle, jusqu'au jour où Kakuro Ozu la rencontre et décide, avec la complicité de Paloma, de découvrir qui est vraiment Renée au-delà de ce qu'elle prétend être.

LES CLICHÉS ET L'OPPOSITION RICHES-PAUVRES

Aussi brillantes que puissent être Renée et Paloma, leurs réflexions sur les gens qui les entourent se basent tout de même largement sur de nombreux lieux communs. La société se voit ainsi croquée en un seul immeuble opposant les riches aux pauvres. Si Renée accuse les autres de ne jamais sortir du cadre de « leurs petites habitudes mentales » (p. 14), Paloma et elle taxent pourtant la quasi-totalité des personnes riches de snobs, d'imbéciles, qui ne saisissent rien à la richesse de l'art. À côté de cela, des personnages comme la femme de ménage illettrée ou le clochard sympathique semblent lavés de toute forme de faux-semblant. Les propos de Renée sont même parfois assez puérils lorsqu'elle remarque par exemple que les riches font aussi leurs besoins, même s'ils les font dans des latrines dorées.

Les riches bourgeois ridiculisés par les deux protagonistes prétendent appartenir à une certaine élite intellectuelle, mais la culture qu'ils étalent abondamment semble reposer sur bien peu de choses.

Les savoirs inculqués à l'école et à l'université se retrouvent aussi discrédités dans le roman, alors que l'auteure elle-même exerce dans le milieu de l'enseignement.

À cela s'ajoute le cliché de l'argent qui ne fait pas le bonheur, personnifié par Paloma Josse et sa famille, dont les membres souffrent inéluctablement d'une existence creuse. À travers son journal, elle évoque toutes les injustices sociales qui la dégoûtent : pourquoi une grand-mère comme la sienne, une personne aisée et antipathique, mérite-t-elle de passer ses vieux jours dans une maison de repos de luxe, où l'on dispose de baignoires en marbre, alors qu'un gentilhomme qui a travaillé toute sa vie en tant que chauffagiste finit dans une chambre partagée dans laquelle lui sont servis d'infects repas ?

LE SENS DE LA VIE ET LA QUESTION DE LA MORT

Renée et Paloma questionnent régulièrement le sens de leur existence et de la vie en général. « Pourquoi rester dans ce monde ? », interroge la jeune fille (p. 108).

Renée puise toute sa raison d'être dans la contemplation de l'art. Pour cela, elle se réfère régulièrement à ses œuvres préférées et expose son raisonnement personnel sur le beau. Elle est particulièrement marquée par une scène de l'un de ses films japonais préférés, *Les Sœurs Munakata*, dans lequel il est question d'un camélia sur la mousse d'un temple, qui symbolise pour elle la contemplation d'une bribe d'éternité à travers ce qui change et vieillit. Remarquons ici que le personnage de Renée, à l'instar de l'auteure, est passionné de Léon Tolstoï. Il n'est pas anodin de penser que leurs réflexions se sont sans doute nourries de son questionnement sur l'art rapporté dans son essai intitulé *Qu'est-ce que l'art ?* (1898).

Dans son journal, on découvre également certaines de ses pensées sur la vie en général. Elle évoque par exemple le fait que, selon elle, on savoure un plaisir parce qu'on en connaît le caractère éphémère.

Paloma, même si elle adore lire et apprendre, ne trouve pas là de raison suffisante à rester dans un monde dont la fausseté l'écœure. Cependant, en apprenant à connaître des personnes positives et bienveillantes comme Kakuro et Renée, elle prend peu à peu conscience de la valeur des êtres et de l'élévation que procurent les bons moments passés en leur compagnie.

Aucun personnage, ni même le lecteur, ne s'attend à la mort de Renée qui survient brusquement. Kakuro est bouleversé. Après ce drame, Paloma nous livre sa dernière « pensée profonde » : elle comprend à quel point la disparition d'une personne aimée peut être douloureuse, et que le mal-être qu'elle avait ressenti jusqu'alors n'était que superficiel en comparaison.

L'importance du fait de savourer la beauté éphémère des choses est une idée qui traverse tout le roman, illustrée dans le récit de Renée notamment avec le camélia sur la mousse, et se clôture par la pensée de Paloma lorsqu'elle prend conscience de la mort.

LA BEAUTÉ DE LA LANGUE

Un autre trait que partagent Paloma et Renée est leur admiration de la beauté de la langue, ce que l'on perçoit dans leur écriture. L'épisode de la lettre que reçoit Renée en est un bon exemple : avant même d'en saisir le contenu, elle reste bloquée sur une faute de syntaxe, une virgule mal placée qui crée une rupture syntaxique (anacoluthe), ce qui lui fera proférer, en son for intérieur, quelques insultes à l'égard de son expéditrice.

Quant à Paloma, elle aborde dans l'une de ses « pensées profondes » la question de la grammaire, qui est une voie d'accès à la beauté. Selon elle, la grammaire ne sert pas « à bien parler et à bien écrire » (p. 168), puisque tout le monde peut s'exprimer sans en avoir une parfaite maîtrise ; la grammaire est une fin en soi, et non un moyen. Le fonctionnement complexe de la langue l'émerveille.

DES RÉFÉRENCES À FOISON

On trouve, dans *L'Élégance du hérisson*, de très nombreuses références artistiques. La peinture, le cinéma, la musique et la littérature déclenchent ou étayent les réflexions des deux narratrices. C'est surtout Renée qui, manifestement fière de l'étendue de sa culture, ne cesse de faire mention d'auteurs et d'œuvres avec arrogance. En effet, elle est persuadée d'avoir mieux saisi que ses voisins la pensée et les concepts des grands philosophes. Paloma, plus modeste, évoque également les œuvres qui la font vibrer. Elle pense toutefois, prenant pour exemple sa maman, que le fait de connaître tout Balzac (écrivain français, 1799-1850) ou Flaubert (écrivain français, 1820-1880) ne fait pas d'eux des gens brillants.

Les références, mais aussi l'influence de certains auteurs, traversent l'ensemble des romans de Muriel Barbery. On retrouve ainsi des clins d'œil à Marcel Proust dans nombre de ses romans : dans *Une gourmandise*, c'est son personnage principal qui lui rend hommage ; dans *L'Élégance du hérisson*, Renée Michel commente la lavallière à pois de M. Arthens, qui lui rappelle celle de Legrandin dans *À la recherche du temps perdu* ; enfin, le discours filandreux adopté dans *La Vie des elfes* rappelle les phrases démesurément longues de l'écrivain français.

STYLE ET ÉCRITURE

UN ROMAN POLYPHONIQUE

Deux voix se font entendre dans ce roman : celle de Renée et celle de Paloma. Pour laisser apparaître cette multiplicité des voix, un travail sur la typographie a été réalisé puisque chacune s'exprime dans une police différente.

Le lecteur découvre tour à tour les pensées d'une narratrice puis de l'autre, de manière à ce que leur récit puisse répondre plus ou moins à la même chronologie. Le livre est découpé en cinq chapitres, subdivisés en textes brefs exprimant le plus souvent une pensée ou une anecdote. Certaines parties ne font d'ailleurs pas plus de trois mots (chapitre IV, 16. « Alors », dont le contenu se limite à « Alors, puis d'été »). Il y a très peu d'action et l'intrigue est d'autant plus limitée que l'histoire est parfois répétée dans les journaux des deux personnages principaux. À noter que le récit de Paloma se divise encore, puisqu'elle rédige deux journaux : « Pensée profonde » et « Journal du mouvement du monde ». Il n'y a cependant aucune ambiguïté possible : il s'agit bien du même narrateur et l'histoire qu'elle vit est la même.

Le roman étant porté par ces deux voix, le narrateur est double et homodiégétique, ce qui signifie que le narrateur est un personnage à part entière du récit, de la diégèse. La focalisation est interne : c'est uniquement à partir du point de vue de ce double narrateur, exprimé par la première personne du singulier, que l'histoire est donnée au lecteur.

UN VOCABULAIRE RECHERCHÉ

Dans *L'Élégance du hérisson*, l'écriture se caractérise par l'utilisation d'un vocabulaire riche et exigeant. Cette surabondance de mots rares et sophistiqués est typique de l'écriture de Muriel Bradbery, qui offre au lecteur des descriptions très précises de mets savoureux (*Une gourmandise*) ou de la splendeur de la nature (*La Vie des elfes*).

Le fait que les deux personnages s'enthousiasment de la beauté de la langue française est un bon prétexte à l'ornementation de leurs discours. Renée s'extasie par exemple d'une réplique de sa petite voisine, Olympe Saint-Nice :

> « – J'ai toujours eu grand plaisir à entendre parler ainsi. "Ses urines étaient faiblement hémorragiques" est pour moi une phrase récréative, qui sonne bien à l'oreille et évoque un monde singulier qui délasse de la littérature. C'est pour la même raison que j'aime lire les notices de médicaments, pour le répit né de cette précision dans le terme technique qui donne l'illusion de la rigueur, le frisson de la simplicité et convoque une dimension spatio-temporelle de laquelle sont absents l'effort vers le beau, la souffrance créative et l'aspiration sans fin et sans espoir à des horizons sublimes. » (p. 123)

Dans le récit de Renée, on observe une certaine liberté prise dans la langue avec la création de néologismes (« un non-bouton »). L'écriture de Renée se montre d'ailleurs plus audacieuse, puisqu'elle est le récit d'un personnage expérimenté. Son impertinence à elle, c'est l'originalité dans la langue. On le remarque aussi dans ce fameux chapitre court, qui apparaît dans son journal : « Alors, pluie d'été. » Paloma, plus scolaire, adopte une attitude bien plus puriste et un langage correct. Elle utilise toutefois un vocabulaire très pointu en même temps qu'une expression enfantine :

> « Si vous voyiez la littérature que maman rapporte de ses "séances"…
> Ça symbolise, ça pourfende le forclos et ça subsume le réel à grand
> renfort de mathèmes et de syntaxe douteuse. C'est n'importe quoi !
> Même les textes que lit Colombe (elle travaille sur Guillaume d'Oc-
> kham, un franciscain du XIVe siècle) sont moins grotesques. Comme
> quoi : il vaut mieux être un moine pensant qu'un penseur moderne. »
> (p. 177)

Renée et Paloma empruntent également beaucoup de concepts théo-
riques (Renée à la philosophie, Paloma à la psychologie). De manière
générale, la forme du récit est très travaillée.

LE TEMPS DU RÉCIT, LE TEMPS DE L'HISTOIRE

En narratologie, comme le soulignait Gérard Genette (critique littéraire français, né en 1930), la narration s'effectue à un moment (le
temps du récit) qui n'est pas toujours postérieur à l'histoire qu'elle
relate. Dans le cas du roman qui nous intéresse, la structure est
complexe dans le sens où il y a un enchevêtrement entre le temps
de l'histoire (l'action) et celui de la narration (le récit). On parle alors
de narration intercalée : on suppose que chaque jour, Paloma et
Renée viennent se confier dans leur journal, puis vivent une nouvelle
expérience qu'elles raconteront plus tard, et ainsi de suite jusqu'à la
fin. On quitte toutefois cette logique à la mort de Renée lorsqu'elle
annonce qu'elle meurt et qu'elle évoque les choses qu'elle perçoit
(p. 151) ; un petit écart dans le procédé narratif du récit rendu néces-
saire afin de faire connaître les dernières pensées du personnage.
On passe alors à une narration simultanée : le temps du récit coïncide
avec celui de l'histoire.

À partir de cela, Gérard Genette distinguait deux voies possibles :
soit mettre l'accent sur l'histoire, ce qui sous-entend une transpa-
rence totale du récit ; soit privilégier le plan de la narration, à la

mode du monologue intérieur ; l'histoire deviendrait alors un simple subterfuge pour laisser une liberté totale à l'énonciation. Ici, bien que le monologue intérieur soit très présent pour exprimer les pensées des personnages dans le roman en général, il y a bien une objectivité totale : Renée explique clairement ce qu'elle voit et, même trépassée, continue de décrire les visages qu'elle retrouve.

LA RÉCEPTION DE *L'ÉLÉGANCE DU HÉRISSON*

LE SUCCÈS DU ROMAN

Si certains jugent l'écriture de Muriel Barbery un peu trop pompeuse, c'est sans doute la fraîcheur du thème abordé qui plaît au public. Dès sa sortie, malgré une absence de médiatisation il connaît un succès qui va grandissant. Déjà en 2006, il se vend à plus d'un million d'exemplaires. En 2009, il est premier des ventes de livres de poche en France. Il est traduit en 34 langues, et est disponible sous plusieurs formats, dont un format audio. Il a remporté de nombreux prix, parmi lesquels le prix Rotary et le prix des Libraires. Le style de l'auteure fait même l'objet d'un pastiche littéraire, dans le recueil parodique de Pascal Fioretto, *L'Élégance du maigrichon* (2010).

LE HÉRISSON DE MONA ACHACHE

En 2009, le roman est adapté au cinéma par Mona Achache (née en 1981) sous le titre *Le Hérisson*. La réalisatrice française indique qu'il a été librement adapté, ce qui explique les libertés prises par rapport au roman.

Le changement principal vient du fait que ce n'est plus un double journal que tient Paloma, mais c'est au travers d'une caméra qu'elle décide de s'exprimer et d'évoquer les gens qui l'entourent. En introduisant les technologies modernes dans l'œuvre, la réalisatrice situe l'histoire dans une période donnée, alors que l'ancrage temporel du roman était plutôt flou.

En outre, les personnages ne sont plus ceux qu'on retrouvait dans le livre. Paloma s'immisce ainsi dans la vie des gens qu'elle méprise, alors que dans le récit initial, elle s'isolait et se cachait même volontairement de ce monde qu'elle juge trop stupide. Raisonnable et tranquille dans le texte, elle devient importune et adopte un comportement plus puéril, et fait parfois preuve de méchanceté gratuite, notamment lorsqu'elle décide de tuer le poisson rouge de sa sœur. Elle réalise également dans le film une sorte de décompte des jours qui lui reste à vivre sous forme de dessins très enfantins.

Malgré son silence médiatique, Muriel Barbery semble ne pas avoir apprécié cette adaptation. L'idée de transposer son livre à l'écran l'avait pourtant séduite, mais les modifications opérées ne correspondaient pas à ses attentes.

C'est donc avec ce deuxième roman que Muriel Barbery se fait connaître du grand public. D'aucuns diront que son écriture est tape-à-l'œil, condescendante, et que sa thèse est bien trop manichéenne, tandis que d'autres s'émerveilleront devant une telle maîtrise et devant la fraîcheur de l'intrigue. *L'Élégance du hérisson*, avec son langage opulent et sa satire sociale, est indéniablement l'un des plus gros succès littéraires du début du XXIe siècle.

Votre avis nous intéresse !

Laissez un commentaire sur le site de votre librairie en ligne
et partagez vos coups de cœur sur les réseaux sociaux !

BIBLIOGRAPHIE

SOURCES BIBLIOGRAPHIQUES

- AÏSSAOUI (Mohammed), « Le charme discret de Muriel Barbery », in *LeFigaro.fr*, consulté le 4 janvier 2016.
  http://www.lefigaro.fr/livres/2007/05/10/03005-20070510ART-FIG90244-le_charme_discret_de_muriel_barbery.php
- AÏSSAOUI (Mohammed), « Muriel Barbery : pourquoi le silence ? » in *LeFigaro.fr*, consulté le 4 janvier 2016.
  http://www.lefigaro.fr/cinema/2009/07/03/03002-20090703ART-FIG00284-muriel-barbery-pourquoi-le-silence-.php
- BARBERY (Muriel), *L'Élégance du hérisson*, Paris, Gallimard, 2006, 356 p.
- DUPUIS (Jérôme), « Muriel Barbery, au pas du hérisson », in *L'Express.fr*, consulté le 4 janvier 2016.
  http://www.lexpress.fr/culture/livre/muriel-barbery-au-pas-du-herisson_1658214.html
- GENETTE (Gérard), *Figures III*, Paris, Seuil, coll. « Poétique », 1972, 286 p.
- *Muriel Barbery.net*, consultée le 13 janvier 2016.
  http://www.murielbarbery.net/
- TOLSTOÏ (Léon), *Qu'est-ce que l'art ?*, Casablanca, Éditions Chaaraoui, coll. « Biblio Classique », 2014, 214 p.

SOURCE ICONOGRAPHIQUE

- Portrait du Muriel Barbery daté de 2009. La photo reproduite est réputée libre de droits.

ADAPTATION

- *Le Hérisson*, film de Mona Achache, avec Josiane Balasko et Garance Le Guillermic, France, 2009.

Découvrez
nos autres analyses sur
www.profil-litteraire.fr
Analyse d'œuvre
Si c'est
un homme
de Primo Levi
Profil
Littéraire

Profil
Littéraire

Éditeur responsable : Lemaitre Publishing
Avenue de la Couronne 382 | B-1050 Bruxelles
info@lemaitre-editions.com

ISBN ebook : 978-2-8062-6875-4
ISBN papier : 978-2-8062-6876-1
Dépôt légal : D/2016/12603/150
Couverture : © Lisiane Detaille.